Parpucho:
microrrelatos y otros seres

Dedicatoria

A mi padre, que nunca se fue.
A mi madre, por toda la luz.

Acerca de parpucho

Parpucho es una palabra que no existe en el diccionario de la Real Academia de la Lengua Española. Tiene varias acepciones en el uso popular, como cosa banal o tontería. En mi infancia la usaba para designar garabatos, dibujos o simples líneas. Eran el fruto de una mente creativa y libre, el resultado de una diversión pura y sin ambiciones.

Ese fue el espíritu que animó la escritura de estos *Microrrelatos y otros seres* que, amable lector, encontrarás a continuación. Están clasificados por temática. Algunos pertenecen a un mismo lugar que está en construcción. Otros conviven lo mejor que pueden.

Parpucherías

Miradas parpuchas.

Oficio

La máquina de generar ideas se había parado. Me llamaron con urgencia para que la arreglara.

—¿Cómo está de combustible? —pregunté nada más llegar.

—¿Qué? A veces me pregunto si no habré elegido el oficio equivocado.

Procrastinando

Desde la cama del hospital pensaba:

«A ver si lo arreglamos, el peldaño roto de la escalera...un día...»

Calcetófago

Algún día la ciencia demostrará un hecho cierto: dentro de cada lavadora de este planeta habita un ser.

Lo único que se sabe de dicha criatura es que devora calcetines, nunca dos del mismo par. Parece indiferente al resto de prendas. Algunos lo llaman exageradamente el monstruo comecalcetines.

Por ahora es solo una leyenda. La ciencia, atareada en otros menesteres de mayor importancia, no ha buscado aún una explicación convincente.

It's raining

—Tenemos que hablar...

—Ahora no puedo estoy ocupada.

—Pero...luego no sé... —La gota se dejó caer fastidiada,

—Quizá ahí abajo me entiendan mejor —murmuró.

—Son todas iguales, no entienden nada —murmuraba la nube viendo alejarse la lluvia.

Venganza

La oveja negra es paciente. Algún día, sin avisar, se quitará su disfraz.

Superpoderes

Había desayunado, tenía algo de tiempo antes de comenzar mis obligaciones y decidí meditar un poco. Cerré los ojos. Respiré profundamente. Me relajé.

Imaginé estar en la montaña más alta del mundo, rodeado de paz y silencio. Un paisaje inabarcable diluía mis preocupaciones y aclaraba mi mente.

Al abrir los ojos sentí un poco de frío. Estaba en lo alto del Everest. Me pregunté si para cuando hubiera vuelto a casa alguien habría fregado los platos.

Quizás si me concentraba...

Beta

Por fin habíamos conseguido resultados prometedores en el laboratorio. La última prueba confirmó que la superficie quedaba lisa, tersa y la nueva tecnología funcionaba. Teníamos el producto definitivo.

Fuimos a celebrarlo aquella tarde. Tras tantos meses de arduo trabajo lo necesitábamos. Al día siguiente nos despertamos bien tarde. La euforia desapareció al mirarnos unos a otros. Nuestras barbas volvían a crecer, si acaso más fuertes y más rápido que nunca.

Definitivo

—No podemos seguir así.

—Seguir, ¿cómo?

—Pero, ¿para ti todo va de maravilla?

—Bueno, no me quejo.

— ¿Ya has olvidado nuestra última pelea? Te dije que si no cambiabas me replantearía las cosas.

—Sí lo recuerdo. Y lo intento todo el tiempo

—Intentarlo no basta. Creo que lo mejor será que no nos veamos por un tiempo. Estar contigo no me conviene.

—No, espera...

—No — dijo indignada —esta vez es definitivo. He abierto los ojos. Bajo tus dulces palabras no eres más que un parásito.

La pulga se quedó triste y solitaria, pero no por mucho tiempo.

Complicaciones

— Preséntense, soldados —ordenó el General.

— Mi General, señor, estamos aquí para garantizar el suministro y cuidado higiénico de la tropa, señor —dijo Martínez.

—¿Cómo dice?

— Somos los encargados de las letrinas, señor —aclaró Fernández.

— Soldado —dijo el General mirando fijamente a Martínez— no se ganan guerras complicando las cosas.

Oportunista

... los ojos. Se deslizó sigilosamente por la retina y siguió su viaje por el nervio óptico. Pasado un tiempo, acarició el cerebro, recorrió los pensamientos sin mucho interés y al final se acomodó en los oídos. Aventurera como era, comenzó otro viaje que le llevó hasta la boca. Su anfitrión no podía comer ni beber. El gusto se le hizo amargo. El hombre escupió desesperado.

Ella se estrelló contra el suelo y quedó unos instantes aturdida, un poco desecha, pero no rota. El hombre huyó. Ella se recompuso, miro a su alrededor, y se acomodó a la espera de algún descuido. Entró por ...

Presión

No es una disculpa, es lo que ocurrió. Les pido que me recuerden por todo lo que hice antes y después. Verán ustedes, no era por falta de pericia. De hecho, me eligieron a mí porque era el mejor. Era el mejor, parece que ya no lo recuerdan.

Aquel ruido. Traté de no pensar en ello, y concentrarme en lo que tenía que hacer. Como tantas veces. Aquel ruido. Ni siquiera podía escuchar mi respiración.

Por favor, entiendan porqué fallé el penalty.

Una motivación más

—Ya no estoy para estos trotes. Este trabajo me está matando.

—Venga, todos los años dices lo mismo. No seas gruñón. Te esperaré despierta, y quién sabe...

—Ho, Ho, Ho.

De la noche al día

Las comidas eran cada vez más tensas.

—Yo no quiero eso —dijo la joven.

—Pues te quedas sin comer —dijo el padre.

—Sea —contestó la joven.

—Venga Julieta, prueba un poco al menos —terció la madre. Julieta se fue a su cuarto.

—Juan, tenemos que hacer algo. La niña está cada vez más delgada.

—¿Qué es eso de no comer carne? —contestó el padre.

—Son cosas de jóvenes. Hablé el otro día con Paqui y me dijo que la Susana está igual, que son vegetarianas.

—Yo lo respeto todo, pero ¿qué puedo hacer?

—No te preocupes, Juan. Ya se nos ocurrirá algo.

—Eso espero. La niña ya no me mira como antes.

—No te preocupes.

—Mi abuelo fue carnicero, mi padre fue carnicero, es lo que nos da de comer. Eso no se puede cambiar de la noche al día.

Descuido

El sastre le confeccionó el traje perfecto que necesitaba.

Se vistió el traje con alivio pero con las prisas olvidó ponerse los zapatos.

No era fácil correr por aquel terreno rugoso. El miedo —desnudo y descalzo— lo alcanzó casi sin esfuerzo y lo despojó del traje con suma facilidad.

Ding dong

Cada día llamaban a su puerta con mayor insistencia, inoportunos. Y cada vez eran más. Traté de poner algún orden en aquel caos. Abri la puerta solo a determinadas horas, les pedí identificarse mediante un código de colores, les rogué que fueran más pacientes.

Pero seguían llamando, ignorando mis reglas, mis colores, mis rutinas. Empezaron a colarse por las ventanas, por debajo de las puertas, por el hueco de la chimenea. Un día ya no pude salir al jardín, la puerta estaba bloqueada y no me dejaban pasar. Fui a la cocina, abrí la nevera y me encontré a algunos en un cajón, al lado de los pimientos. Eso me decidió a cambiar la situación.

Limpié la casa de arriba a bajo. Empezó a ignorar sus llamadas, a apartarlos de mala manera cuando se los encontraba en el baño. Desde aquel día solo abrí la puerta a algunos. Y me deshice del resto.

Recuperé mi espacio y sosiego.

Pero, de vez en cuando, lo admito, me asomo a la mirilla de la puerta con anhelo.

El amo

Eduardo nunca se había destacado. Cumplía su trabajo sin falta, sin brillantez y sin muchos errores. Cuál no fue nuestra sorpresa cuando nos derrotó uno a uno, con determinación. Con frialdad.

Después de aquello empezamos a saludarlo con respeto (diríase con admiración) por los pasillos de la oficina. A fin de cuentas, cuando encendíamos la consola, era el puto amo.

El pelo

He encontrado un pelo en el tenedor. No le favorece la barba.

Escapatoria

Confió en su suerte, saltó. El tiburón lo vio caer.

Despacio.

Lealtad

Entró en el bar y pidió su café.

—Lo siento señor —dijo Juan con cara de circunstancias— la máquina del café se ha estropeado. El técnico viene de camino pero aún tardará un rato en llegar. Pensó que era una broma pesada, sería la primera broma de Juan en muchos años. Pero no, Juan se deshacía en disculpas.

Entró en el bar de enfrente. Odiaba su dueño, su clientela y su música. Pero a esas horas estaba siempre vacío.

—Buenos días, ¿en qué puedo servirle?

—Un café solo, por favor.

Pronto, tuvo un humeante café ante él. El aroma era perfecto. Tras un sorbo, admitió que era el mejor café que había probado en mucho tiempo. Pagó sin decir una palabra y se marchó. Intentó olvidar el incidente.

Al día siguiente volvió al bar de Juan a tomar su café mediocre, como todas las mañanas.

Escapatoria (3)

Confió en su suerte. Saltó. Ya solo le quedaban unos metros para acabar un largo viaje. No le importaba morir. Al oso hambriento al borde de la cascada, le importaba aún menos.

Doblando

Y al doblar la esquina, se partió mi mundo de papel.

Gruñe

No aceptó la explicación del dependiente de que era algo automático y estándar. Que no se podía cambiar. Devolvió el teléfono.

—Me gruñe cuando lo apago —dijo indignado.

Llena

Tenía la cabeza llena de ideas pero ninguna encontraba la salida. Qué mala suerte, se decían entre ellas cuando se cruzaban con un ojo morado, cojeando o con un ala rota tras el golpe.

Gato

Acabó de una vez por todas con aquella injuria: mató la curiosidad.

Doblando (4)

Y al doblar la esquina el edificio gritó de dolor.

iCosas

No me gusta discutir con la tostadora. Y encima que lleve razón.

(Casi) Llena

Tenía la cabeza llena de ideas, pero le faltaba una. Precisamente la única que podía ordenar ese caos.

Sobremesa

—Creo que el infinito es indescriptiblemente blanco. Más allá de todo, sólo puede haber un todo formado de todo. Un blanco inacabable.

—No, el infinito ha de ser inexplicablemente oscuro. ¿Qué puede haber más allá de todo? Posiblemente absolutamente nada, una nada que lo ocupe todo. ¿Otro Amaretto?

Y la discusión siguió toda la noche, más allá del tiempo y el espacio de una sobremesa prudente.

Santa Rita

Me dio su palabra, se me extravió, y claro, ahora no puede hablar, y yo puedo disfrutar del silencio, al menos hasta que recuerde donde la puse, y anda gesticulando como loco, y yo pues hago como que busco...

(Demasiado) Llena

Tenía la cabeza llena de ideas. La más resolutiva de ellas les consiguió una cabeza más espaciosa.

Atrapada

Algo no encajaba. Estaba fuera de lugar.

No era una pieza, era una prisionera del puzzle.

La conquista

No había colores, y todos parecían serios y aburridos.

Se lanzó a la conquista del territorio de los mayores.

A la intemperie

Se reúnen en grupos de tres o cuatro en las esquinas. Sus miradas son oscuras, tienen el gesto rígido, el cuerpo tenso. Algunos están en el suelo, pero nadie parece querer ayudarlos en ese mundo hostil de manos gigantes. Los más afortunados están dentro de su caja de Playmobil.

Distracción

Sonó el timbre. Lo ignoró.

Quien quiera que fuera no había avisado su visita. No le gustaban las interrupciones. Además estaba concentrado haciendo algo importante. «Seguramente es alguien vendiendo algo; cada vez son más pesados», pensó. Oyó los pasos marchándose escalera abajo.

Quince minutos después de que se hubiera marchado el visitante él seguía mirando por la ventana del apartamento a la calle. « Quién diablos habrá sido...» se preguntaba una y otra vez.

El puente

El pueblo se había preparado desde temprano para la inauguración del puente. Tras casi dos años, el moderno puente se iba a abrir al gran público. Había un ambiente festivo.

El viejo Samuel, sentado en su habitual banco miraba la algarabía desde lejos. Tato, su perro, lo miraba todo con aire desconcertado.

Al día siguiente comenzó la construcción del río.

Parpuchología

Tratados parpuchológicos.

Amantes secretos

Antes de la Palabra existían dos amantes. Habían creado un puente entre su infinita distancia. Su pasión solía acabar de forma desapacible. Uno de los amantes se alejaba, inescrutable. La duda envenenaba sus pensamientos. Con el paso del tiempo, volvían a buscarse.

Asistieron dichosos al nacimiento de la Palabra, criatura frágil e indecisa.

La vieron crecer, la alentaron. Y la Palabra creció. La Palabra creó su propio universo, lo envolvió todo, también a ellos.

Los amantes siguieron encontrándose fugazmente en lejanos rincones de aquel universo, recónditos lugares desconocidos incluso para la Palabra. Siempre el mismo ciclo: la pasión, el destello de felicidad, la huida, la tristeza, la espera. Siempre la búsqueda incesante.

Ambos amantes —la Pregunta y la Respuesta— amaban a su vez en secreto al Silencio.

Posibilidades

El punto y seguido se quedó pensativo. ¿Cómo acabaría aquella historia?

El punto y aparte maldijo no saber más allá de su párrafo.

El punto final lamentó acabar con aquella historia.

Y los puntos suspensivos discutían en grata compañía las posibilidades...

Desagradecidos

Muchos dirán que se veía venir, que era la evolución natural, que las cosas finalmente han seguido su curso. Hay quien lo explicará con alguna incomprensible teoría.

Pero, ahora que la tendencia es al alza; ¿quién se acordará de mí?

Yo, que decidí cambiarlo todo.

Yo, humilde punto de inflexión.

Historias

La historia no quiso ser contada.

Y sin pretenderlo, se convirtió en un misterio.

Muchos trataron de desentrañarla, contando una y mil veces su propia versión de la historia. Y la historia se convirtió en otras historias, y acabó por ser olvidada.

Fue la primera

—¿Por qué? —gritó la niña.

Todos se quedaron atónitos. El jefe de la tribu miró con el ceño fruncido; la madre , temerosa, fue a abrazar a la niña; el padre agachó la cabeza algo avergonzado.

A cierta distancia, el chamán pudo oírlo y observaba pensativo a la niña. Nadie había pronunciado aquellas dos palabras de esa forma antes. Nadie —excepto la niña— estaba del todo seguro qué querían decir.

El eco de la cueva fue tragándose los ecos del grito en sus profundidades.

Delimitar

El Consejo de Sabios deliberó durante días. Finalmente se realizó la votación. El estrecho margen de un voto otorgó la victoria a los partidarios del "No". Anunciaron el veredicto con gravedad al pueblo que esperaba impaciente:

—No sabemos con exactitud el alcance de nuestra ignorancia.

El paciente testigo

Nadie creyó en aquella empresa al principio.

Tras mucho tiempo y esfuerzo, los Hechos Pasados fueron organizados y clasificados en un inmenso archivo. Se celebró la culminación de la magna obra.

Al día siguiente, El Desorden entró en el archivo sin permiso, sigiloso, implacable.

4D

Presente: —Te lo he dicho mil veces...

Pasado: —Querrás decir novecientas noventa y nueve...

Futuro: —Ay, cuántas veces tendré que escucharos...

Espacio: —Si tan solo pudiera escapar de vosotros...

Senderismo

—¿Cómo hemos llegado hasta aquí?

—No lo sé.

—¿Qué hacemos? ¿Seguimos adelante?

—Sin duda, volver no es una opción.

—Pero, no sabemos a dónde lleva esta camino.

—Andaremos juntos, eso es lo que importa.

Tragona

Se relamió tras haberse tragado otra civilización más. Se reía frotándose la barriga.

—No tienes remedio, Historia —dijo el Tiempo.

Atrapado

Anda confundido sin saber qué hacer con todas esas llaves.

Hace mucho tiempo que dejó de creer que las puertas existen.

Atrapado, en su propia casa.

I...I

El puente se cansó de sostener el aire. Se vino abajo. Ya podía ser lo que siempre quiso ser: piedras en el río.

La verdadera guerra

Los reyes planeaban sus guerras, el pueblo suplicaba paz. Aquel conflicto duraba ya demasiado. Acabó cuando el pueblo dejó de creer en reyes.

La paz era aburrida así que el pueblo inventaba historias llenas de príncipes, princesas, guerras (incluso dragones). Aquellas historias tenían ecos del pasado de muerte y miseria. Acaso eran aún más crueles: en ellas nunca se mencionaba la paz.

El mentiroso

—¿Qué te diga la verdad?

—Sí, por una vez.

—No puedo.

—¿Por qué no puedes?

—Soy tanto quien soy como quien no soy.

El hallazgo

Surgió inesperadamente del agua turbia de mi desengaño.

Al principio no supe muy bien qué era. Sólo tras haber limpiado la herrumbre y la maleza comenzó a tomar forma. Corrió el rumor de que había encontrado algo valioso. De algún modo logré alejar la curiosidad. Finalmente conseguí limpiarla y probé si funcionaba. Abrió sin dificultad el candado.

Era libre, corrí a compartir mi hallazgo.

Ruinas

Hacía años que no volvía. No podía estar equivocado, seguí el mismo camino de siempre. Y sin embargo no reconocía el lugar.

Anduve desorientado por calles apenas esbozadas. Levanté con mis recuerdos edificios ahora inexistentes, balcones invisibles en el aire, tejados arrancados por el tiempo. Dibujé con mi mirada paisajes que ya sólo existían en mis recuerdos. Era un día soleado. Sentado bajo un árbol, un anciano acariciaba lentamente su bastón con mirada perdida. Casi creí reconocerlo.

Le pregunté cómo había ocurrido todo aquello. No me contestó. Me observó largamente con expresión de no entender mis palabras. Tras una pausa que me pareció interminable me preguntó a su vez:

—¿Estás seguro que este es el lugar que crees?

Insistí en que yo había vivido allí hace años. Él sonrió y asintió escéptico. Se hacía de noche de noche. El anciano encendió un fuego, me ofreció algo de comer. En vano traté de entablar conversación con él. Me sobrevino un sueño irresistible.

Ya ha amanecido, él no está. Estoy perdido en las ruinas de mi propio pasado.

Alquitrán

Nuestro viaje en la noche transcurría sin problemas. Llegaríamos antes de lo previsto, empezaba a amanecer. De repente nos encontramos algo oscuro y frío en el suelo que dañaba nuestros pies. Se hasta donde se perdía la vista, tenía unas extrañas marcas blancas.

El camino sagrado había sido destruido, ¿cómo alcanzaríamos ahora la salvación?

Propietarios

La carretera dejó de ser transitada y fue desapareciendo bajo la maleza.

El terreno volvió a sus legítimos propietarios: conejos, zorros, ratones.

—Cuántas vidas perdidas en esta absurda disputa —se decían entre ellos.

Inabarcable

"Queríamos conocer los límites de la Selva Oscura. Hemos comprendido tarde que nunca los conoceremos. No podemos volver atrás, no nos quedan fuerzas. Es el final".

— Este papel fue lo único que encontramos —dijo el joven guerrero.

— Conocer esta selva es dejar de buscarla —sentenció el anciano.

Ninguno de los dos entendía aquellas palabras. Comenzaron el ritual.

Neuroaventura

No fue fácil pero logramos entrar.

No encontramos el camino al lugar exacto, nuestro mapa era inservible. Antes de expulsarnos nos advirtió:

— Aún no estáis preparados.

Aceptación

Se miraron imperturbables. Siguió un largo y espeso silencio.

¿Quién se atrevería a hacer la pregunta?

¿Quién aceptaría ser un reflejo?

Tregua

Se zambulló en aquellas desconocidas aguas. Flotando boca arriba en el agua observó las lejanas nubes que surcaban suavemente el cielo.

Pronto tendría que enfrentarse a su difícil situación.

Pero por unos segundos dejó de importarle haber naufragado.

Suspiro

Siempre me cuesta dormir la primera noche de vacaciones. Todo me parece extraño, el mobiliario tiene aristas hostiles; los colchones no ceden al peso; las habitaciones son demasiado grandes; las luces no tienen la intensidad adecuada. Así que duermo mal, me remuevo en sábanas rebeldes o escurridizas (estas son más peligrosas).

Cuando despierto por la mañana —cansado— todo cambia. La casa parece algo más amistosa. La taza de café me trata con algo de cortesía y la tostadora parece casi amable. Con el paso de los días, voy notando cierto respeto en las toallas. Y la cama parece resignada a mi presencia.

Sin embargo, los últimos días hay cierto resentimiento. Las puertas y ventanas quizá son las más expresivas. Creo que presienten que voy a marcharme. La última noche he de estar en guardia, guardo cierta distancia con la lámpara del techo. Cuando cierro la puerta siempre escucho un suspiro tras la puerta, nunca estoy seguro si es de tristeza o alivio.

Sospechas

Tengo un cajón lleno de botones, pilas que he de llevar a reciclar, algunas llaves que ya no sé qué abren, un peine viejo. Mantengo un orden estricto y preciso porque de otro modo no podrían caber todos. Muchas veces me he dicho que he de tirarlo todo, que son objetos inservibles.

Algunos noches oigo cómo se mueve algún objeto, pero cuando hago ademán de levantarme cesan los ruidos.

Durante el día, me acercó sigiloso y abro de repente el cajón. Todo está como debiera.

Quizá no sea bueno pensar tanto sobre ello, pero sé que algún día cuando abra el cajón los sorprenderé desordenados. Entonces podré deshacerme de ellos.

Persecución

Alguien o algo me persigue. Puedo oír sus pasos. No me da miedo, de algún modo sé que no puede alcanzarme. Pero la situación se prolonga demasiado tiempo. Tengo la tentación de abandonar, estoy agotado.

— Tranquilo, respira. Un paso más — escucho.

Es mi propia voz, aunque parece venir de atrás, de quien me persigue.

Escondite

Se escondía tan bien que, al salir, todos se habían marchado cansados de no poder encontrarlo. Así ha pasado su interminable infancia: haciendo nuevos amigos, perdiéndolos inevitablemente. Me lo confesó una mañana de primavera, a la orilla del lago. Luego vi sus alas blancas desaparecer entre los árboles. No volví a verlo nunca más.

Falsas creencias

No era desdichada, ni tenía sensación de estar sola. Había construido su hogar a salvo de la zozobra. Se sentía libre allí. Cuando cerró definitivamente su puerta, llamaron a ella. Insistieron, hasta echarla abajo. La calma, ganada con dedicación, se esfumó.

Lamentó la pérdida de la serenidad. Esgrimió la espada de la incredulidad. Sus certezas se perdían en arenas movedizas. Con el tiempo fue cediendo. Al principio con cautela, al final temerariamente. Aceptó lo imposible: que estaba sola, que no era libre, que su hogar no era ya suyo. Ella, que nunca había creído en fantasmas.

Tramoya

El suelo que pisaba era un viejo tablero, el cielo papel celofán, el sol un cartón amarillo.

Y sin embargo, allí en lo alto del escenario estaba tan viva y todo era tan real.

Nostalgia

Hacía ya mucho que las sandías no tenían semillas, ni las naranjas, ni las uvas. Lo sabía, pero seguía buscándolas. Por si acaso o con la esperanza de encontrarlas, quién sabe.

Adelante

El conjuro tiñó las aguas de gris.

El viento se mantuvo silencioso y el sol se escondió tras las nubes.

Así pasó mucho tiempo, tanto que se olvidó cómo eran las cosas antes.

Pero todo cambia si se tiene la paciencia de esperar. Las olas trajeron a la orilla el rumor del desencanto. Las aguas recuperaron el color verde esmeralda, el viento empezó a susurrar y de entre las nubes se adivinaba el sol.

Los más intrépidos, insensatos o desesperados se lanzaron al agua.

No tenían miedo, no miraban hacia atrás.

Solo había un camino: adelante.

La risa

Cerca de la orilla del río asoma apenas una rama varada. La corriente la rodea, dibujando un circulo de espuma.

Los incautos que se acercan a mirar aquello no escuchan la risa de la bruja bajo el agua.

Parpuchox

Parpuchos que se atreven a viajar al futuro.

Leyenda

Cuando abrí los ojos no supe donde estaba.

Fui recordando quién era, o quién había sido en un momento de mi pasado.

Me incorporé y un torrente de preguntas se acumuló en mi cabeza.

¿Lo habían conseguido?

¿Sería necesario volver?

Me identifiqué y el sistema hizo un breve sumario de todo lo ocurrido. La razón se había impuesto. Se habían salvado. Satisfecho con la respuesta, di instrucciones para volver. Fui un viaje largo pero lleno de esperanza. En mi aproximación observé mi viejo mundo.

Creó que fue difícil para ellos aceptar quién era yo. Para mí, es difícil convivir con mi propia leyenda.

Catálogo

—No lo entiendo. No encuentro información sobre este planeta. Aunque está en un estado muy primitivo, este sector ya ha sido explorado con anterioridad —explicó Eger.

—¿Un planeta no catalogado? —preguntó Smov incrédulo.

—Eso parece.

—¿Cuál es el protocolo a seguir?

—Marchanos, Smov

—Pero...podríamos estudiar...

—Entiendo tu curiosidad —cortó tajante Eger—, pero las instrucciones son claras. Algún día volveremos, pero ahora no podemos quedarnos.

Iniciaron el despegue. Al alejarse contemplaron en silencio aquel singular planeta azul.El planeta era ya solo un pequeño punto luminoso apenas visible.

— ¿Como lo llamaremos? —preguntó Smov.

—Tierra II —contestó sin apenas pensarlo Eger.

—Tierra —tecleó Smov — me gusta, es un nombre evocador.

Error 701

Entrada

08:45 Reconocimiento habitual de mi área asignada.

08:50 Interacción indeseada, mordedura de Crotalus Ruber. Apartada sin daños, siguiendo protocolo 3507.

09:02 Detectado funcionamiento de un modo irregular.

09:03 Envío informe de estado.

09:11 Estado de anomalías electromagnéticas. Módulo de pensamiento con conexiones desconocidas

09:12 Comenzando estado de hibernación...

10:03 Error 701

10:15 Cambio en conexiones lógicas, mejora en capacidad cognitiva.

10:17 Copia de seguridad y encriptación.

***

—¿Y qué le pasaba a este?

—Empezó a hacer cosas raras. Me han dicho que lo borre e instale de nuevo el sistema operativo.

—Ah.

—Qué raro este mensaje no lo había visto antes.

```
::: Despertando :::
```

Conciencia

—Profesor, ¿es cierto que hace mucho tiempo los hombres se mataban entre ellos?

—Me temo que sí.

—¿Y por qué lo hacían?

—No tenemos una respuesta clara. Parece que competían por los mismos recursos o a veces se guiaban por algo llamado "país" o "religión"

—¿Por eso los rescatamos?

—Sí. Bueno, ya está bien por hoy. Mañana continuamos con la clase. ¡Gracias!

La niña abandonó la clase con gesto contrariado. Ya le habían advertido, las niñas como ella tendían a hacer muchas preguntas. Era una descendiente.

DondeCuando

—Creo que he encontrado un atajo —dijo Eger.

—¿Estás seguro? Es mejor que sigamos la ruta indicada. Querría acercarme al planeta ZSC345, me interesa mucho su volcanología —dijo Smov.

—Tú y tus volcanes. Seguro que querrás estudiarlos a fondo y al final llegaremos tarde —dijo Eger con sorna.

—De acuerdo, iremos a la vuelta —concedió Smov.

—Vale, prepárate.

Dieron el salto y se encontraron ante un inhóspito planeta.

—Pero, ¿Qué has hecho, Eger? ¿Cómo hemos llegado tan rápido?

—He jugado un poco con el espacio-tiempo.

—Ah, ¿sí? Pues creo que hemos llegado demasiado pronto a nuestra cita. Los otros tardarán aún muchas unidades temporales en llegar. De hecho ni siquiera existen aún como civilización.

—¿Cómo?

—Mira el planeta, todavía está inhabitado.

—Oh...

—Venga Eger, vuelve a DondeCuando estábamos. Y ya que vamos a ser los últimos en llegar; acércate a ZSC345. Me lo debes —dijo Smov.

Prototipo

Lo habían instalado en el salón para que produjera un ambiente especial, pero no siempre cumplía la programación. Estaban pensando en devolverlo cuando nació el bebé. Hasta pasados unos meses no volvieron a pensar en ello, en parte porque la iluminación del salón había mejorado.

En la fábrica buscaban desesperadamente el prototipo de iluminación que respondía a las ondas cerebrales.

Excusa

Acordamos encontrarnos en el sector Gamma, en siete unidades de tiempo estándar. Estaba muy ocupado por entonces así que el momento de partir hacia Gamma llegó casi sin darme cuenta. Ajusté la ruta y me retiré a un placentero estado de hibernación.

Cuando desperté, comprobé que había cometido un error de programación. Habían pasado dos unidades de tiempo estándar más de lo previsto. Mi pantalla de control mostraba varios mensajes. Quedaría claro que era un error debido a los mensajes automáticos de respuesta.

Pero, ¿cómo convencerla de volver a encontrarnos?

El fallo de programación es una excusa tan antigua como poco creíble.

Orígenes

—No sabemos qué hacer con YuvH5 —dijo el oficial. Durante años se ha dedicado a recorrer basureros, casas abandonadas, trasteros olvidados. Se las ingeniado para poseer más espacio personal del estándar. Y parece ensimismado en su almacén de aparatos obsoletos.

—¿Se le ha hecho el test de Selby?

—Sí. Y aparentemente no hay nada anormal. Resultado negativo.

—De acuerdo, estúdielo pero no lo trate como una asimetría de programación. Recuerde que algunos de nuestros avances provienen de este tipo de anomalías.

El oficial abandonó la oficina del Supervisor con alivio. El Supervisor tomó nota para seguir aquel caso de cerca. No dejaría a aquel híbrido conocer en detalle sus orígenes.

Fresnón

Quería comprobar la evolución en el desarrollo de DO—316 y lo llevé a un lugar muy querido para mí. Aquel paisaje me traía recuerdos de niñez, cuando veníamos de excursión los fines de semana. Era un método de generación de energía obsoleto. Innecesario. Aún así, era triste ver las aspas de molino paradas en la distancia.

DO—316 preguntó qué eran aquellas torres con aspas en la distancia. Le expliqué su historia, sin ocultar mi melancolía. Sugirió entonces reconstruir su mecanismo. Me pareció una buena idea que lo mantendría ocupado.

Al día siguiente volvimos al antiguo parque eólico para empezar la restauración. Cuando nos acercábamos, le oí entonar con voz mecánica:

—*Non fuyades, cobardes y viles criaturas...*

La caja

Arrojó la pesada caja hermética al cráter. Era una forma poética e inútil de deshacerse de ella. Caminó con dificultad, como si se enfrentara a una brisa magnética en contra.Solo se sintió algo más aliviado dentro de la nave, al despegar, dejando detrás la chimenea ocre del enorme volcán.

El guardian del volcán había detectado la visita. Algunos venían buscando algo, otros a dejar algo detrás. Recuperó la caja, tan solo a un metro bajo la lava. Tras revisar el contenido, decidió destruirla: era una carga demasiado pesada para el corazón de cualquier hombre.

Quizá incluso para sus neuroconexiones biónicas.

Low Battery

La urraca daba pequeños saltos sobre el tejado, luego se dejaba caer al jardín. El niño corría hacia ella para espantarla, ¿cómo se atrevía a invadir su jardín?

El pájaro volaba de nuevo al tejado, daba unos pequeños saltos, caía al jardín donde el niño inevitablemente corría hacia ella.

Una vez el niño estuvo a punto de alcanzarla, justo cuando se acabaron las pilas.

La intuición

Una reunión en un claro del bosque. Varios clanes. Un líder habló:

—Nos marchamos. Hemos venido a advertiros que deberías marcharos también

Hubo un murmullo de aprobación.

Uno a uno todos confirmaron que dejarían atrás sus territorios a la mañana siguiente. No hubo más explicaciones. Se despidieron de forma amistosa y melancólica.

***

Ese fue mi sueño la noche anterior a nuestra salida. Lo había analizado con ayuda del programa de interpretación, que me dio algunas repuestas incompletas que no tenían sentido. El viaje fue sin incidentes y llegamos a Pukka. En un primer análisis comprobé que las ondas N del planeta acabarían afectando nuestros cerebro si nos demorábamos. Teníamos un margen de diez días. Mi compañero de investigación quería quedarse cinco días, exagere la lectura de las ondas N para convencerlo. Mi sueño no sería un argumento de peso.

Parpuchilandia

Parpuchos que habitan el mismo reino.

En la palma de la mano

En un país remoto habita un niño entre las montañas. Cuando el niño cierra la palma de su mano, se alza una frontera invisible al cielo. Se hace el silencio y la indiferencia nubla los días. El niño cierra los ojos y se sumerge en un letargo de otra dimensión.

Cuando el niño abre de nuevo la palma de su mano, el país se expande, infinito, sus fronteras desaparecen. Despierta la alegría y el sol brilla de nuevo.El niño sonríe y sus ojos tienen el brillo de mil fuegos.

Nadie sabe cuándo nació ese niño, qué esconde en su mano. Todos saben que existe y que nadie ha sabido encontrarlo.

Caminos invisibles

El viajero buscaba el Mar del olvido, las Islas de la Memoria, el Lago de la Tristeza y las Montañas Perdidas. El paradero de un Reino Perdido. Me preguntó cómo llegar a ellos.

Dibujé un mapa con vagas orientaciones. No le dije la verdad: no existen caminos conocidos, es el viajero quien los crea. El camino de cada viajero desaparece una vez transitado.

Me pregunto si todos esos lugares existen. Siendo un niño, en una frío noche de invierno, mi abuelo me contó que todos esos lugares están escondidos en la palma de la mano de un niño que habita en las montañas.

Muchos años después aún no sé si era tan solo una leyenda.

La oportunidad

Aquel historiador de tierras lejanas le había despertado la curiosidad. Lo siguió discretamente hacia la sección de Geografía. Pudo ver el título del libro que cogía y se llevaba al escritorio. El bibliotecario llevaba años buscando la solución a un dilema pero nunca se la había ocurrido consultar aquellos estantes.

Anotó mentalmente el número del libro y la estantería. Aquella sección era solo de consultas y no podría sacarlo de la biblioteca. Comprobó con alegría que era ya casi la hora del cierre. Se alejó sin hacer ruido.

Al día siguiente, tras las tareas diarias de apertura, el bibliotecario se dirigió directamente a la sección de Geografía. El historiador extranjero lo esperaba.

Ocultación

El barco apareció entre la niebla del río. Esperábamos ocultos en la orilla del río. No lo esperábamos tan pronto, pero había llegado el momento. Todo parecía tranquilo en cubierta. Ocurrió en muy poco tiempo. Los ocupantes apenas notaron el abrupto final de sus días.

Lanzamos sus cuerpos al agua y pedimos perdón a nuestras conciencias por aquellas muertes. No había tiempo que perder. Viramos el barco de vuelta al mar. Debíamos alejarnos de allí cuanto antes. La niebla era densa como una pesadilla. Al cabo de un tiempo que nos pareció espeso comenzamos a atisbar un horizonte más lejano. Estábamos en el mar, camino de nuestro hogar: Las Islas de la Memoria.

Ahora todos sabrían la verdad.

***

El historiador levantó la vista y miró alrededor. La sala del archivo estaba casi desierta aquella mañana. Apretó el libro contra el pecho. Levantó la vista y miró alrededor. Escuchó unos pasos. No permitiría que aquello se supiera.

Cosas de tierra

Hay discrepancias.

Sostienen algunos estudiosos que el riachuelo creció y creció hasta convertirse en el Mar del Olvido.

Cuentan las leyendas que el barco encantado empequeñeció y empequeñeció , convirtiendo al riachuelo en el Mar del Olvido.

La tripulación del barco — sea en un riachuelo o sea el mar— navega indiferente a las discusiones en tierra.

Rescate

Las ideas se hundieron lentamente.

Permanecen en el fondo, a la espera de ser rescatadas por un buscador de tesoros perdidos en el Mar del Olvido.

Siempre perdido

Recibí noticias del viajero mucho tiempo después de su paso por mi casa.

En la carta me hablaba de tierras lejanas tan inverosímiles como para ser ciertas. Había encontrado algunos lugares de su Reino Perdido, pero seguía en busca de horizontes inalcanzables.

Acababa su misiva con estas palabras:

"Mi viaje nunca acaba, mi destino es estar siempre perdido."

Conquista

Muchos son los que han venido a conquistarnos.

Desembarcan con estruendo y consiguen sin gran esfuerzo su objetivo. Pero no se marchan, algo les impulsa a quedarse. Quedan atrapados en la contemplación del cielo azul, el lento paso de los días y la brisa de la tarde tras un día caluroso.

Con el paso del tiempo se vuelven descuidados, indolentes y satisfechos.

Otros vendrán de nuevo a conquistarnos. No encontrarán oposición.

Palacio de las Tres Puertas

Tres alfombras anteceden las entradas del Palacio de las Tres Puertas. Cada visitante solo tiene la oportunidad de entrar una vez y ha de elegir su entrada.

La primera alfombra solo puede ser pisada sin zapatos. En caso contrario desaparecen las puertas y el palacio se desdibuja.

La segunda alfombra solo puede ser transitada por algunos elegidos. Pero hay que andar rápido y con ligereza. De otro modo la puerta que se entreabre se cerrará para siempre.

La tercera alfombra es la que yo elegí.

No sé si soy el dueño o un humilde sirviente de este gran palacio.

Quizás, cuando entres, lo discernamos una noche al calor al fuego de la gran chimenea.

La espera del Gigante

Me pareció atisbar el Lago de la Tristeza entre los árboles. Y sin saber cómo, tropecé. Había pisado el meñique de
un Gigante sentado con las manos apoyadas en el suelo. Su
enorme cabeza se giró y vi sus ojos entre los árboles. Nunca
había creído en esas leyendas así que tardé unos segundos en
reaccionar.

—No te preocupes — dijo mansamente el Gigante.

—Pero yo no...

—Sé que fue un accidente.

No supe qué decir. El Gigante miraba el lago melancólica-
mente.

—No temas, me olvidarás cuando despiertes. Como siempre...

El Gigante se levantó, dio un paso que hizo temblar la tierra,
se sumergió cansinamente en el lago mientras murmuraba:

—... hasta que comprendas quién soy, quién eres.

La torre

Según la leyenda, la antigua torre que todavía queda en pie fue la prisión de un dragón. Fue este quien destruyó el castillo que nunca se reconstruyó.

Según los estudiosos, la leyenda proviene de la crueldad de la batalla que acabó con el castillo. La imaginación añadió un improbable halo heroico a los hechos.

Según nuestros informes, el dragón ha vivido plácidamente bajo la torre durante siglos, sin sobresaltos ni enemigos, al lado de las ruinas de lo que fue su propia casa.

(RDL.117/5102 — Archivo Secreto)

Ruta

El Almirante buscaba una ruta más conveniente a los intereses del reino.

Zarpó con un pequeño barco en misión exploratoria, llevando consigo sólo los marineros de más confianza.

Navegaron siete días por lugares conocidos. La mañana del octavo día avistaron una isla desconocida. El Almirante ordenó dirigirse hacia dicha isla con la intención de recabar información y dar descanso a sus hombres.

Los nativos de la isla eran amables y la isla resultaba agradable. Se quedaron aquella noche. Al día siguiente les resultó difícil encontrar un motivo para marcharse y decidieron quedarse un día más.

Con el paso de los días, el barco se sumó los cientos de barcos que rodeaban la isla.

Y así vivieron despreocupados de su ruta y su pasado, en algún lugar del Mar del Olvido.

Agradecimiento

El extranjero sediento se acercó a la fuente de la plaza. Presionó el mecanismo pero la fuente estaba seca. Decepcionado, se dirigió a la niña que pintaba con tizas en el suelo bajo los árboles

—Hola, esta fuente no tiene agua, ¿verdad?

—No —contestó la niña sin levantar la vista del suelo.

—Y si ya no funciona, ¿para qué sigue ahí? —dijo para sí mismo.

—Por agradecimiento —contestó la pequeña sin levantar la vista de su dibujo de tiza.

Motivos

En el último muelle —apenas transitado— hay un barco inacabado.

Los visitantes nos acaban preguntando tarde o temprano por ese barco, algunos aseguran haberlo visto hace años en alguna visita anterior.

La historia que les contamos depende de su mirada y de lo que quieren escuchar: no queremos acabarlo; preferimos seguir soñando con el viaje; esperemos que exista el mar apropiado para acabarlo; o que al terminarlo lo hundiremos (ya que es una vieja tradición). O simplemente, afirmamos no saber el motivo por el cual permanece sin acabar.

Entonces les ofrecemos otra cerveza bien fría con pescado fresco y disfrutamos de la puesta del sol en el horizonte con una sonrisa. No vuelven a preguntar.

Vivía

Cuando se encontraron, el héroe clavó su espada en el corazón de gelatina. En el suelo yacía el cuerpo inerte con cuernos de espuma, colmillos de azúcar y alma de peluche. El héroe lo enterró y proclamó que había acabado con el monstruo.

Todos lo creyeron y creció su leyenda.

El verdadero monstruo tenía oscuras raíces en el corazón del héroe. Y vivía.

Incansable

Volví a recibir noticias del viajero de caminos invisibles:

Cuando acabe mi viaje, comenzaré el camino de mi nostalgia. Volveré a departir contigo, allí donde los recuerdos esperan mi llegada.

Cómo decirle que nunca podrá encontrarme, que seré otro al que no reconocerá. Cómo decirle que él es ya uno de mis recuerdos.

Una tristeza inexplicable

El hombre de madera observaba el blanquecino humo de las chimeneas.

En su rústica inteligencia se preguntaba qué sería aquello.

Y sentía una tristeza inexplicable.

Desconocidas

Antiguamente eran las Reinas quienes nombraban a las nubes, aunque la última decisión dependía de un gato que posaba sus patas al azar en una página abierta del libro de cocina. Por eso las nubes tenían nombres como pimienta, cuerda, azafrán, miel o cereza.

Algunas costumbres se van perdiendo con el tiempo y ahora las nubes galopan sin nombre, desconocidas y aún más efímeras.

El brillo

Oyó ruido de pasos y cerró la mano. Se abrió la celda. El centinela lo miró con desconfianza. Hubo un silencio tenso.

–¿Qué tienes ahí? – dijo el centinela.

–Nada – contestó el prisionero.

–¿Cómo que nada? ¡Muéstramelo!

–Preferiría no hacerlo.

–No me hagas forzarte.

El prisionero abrió la mano, pero un solo un poco. No quería hacerle daño.

El centinela se arrodilló implorando clemencia.

–Vete. Y no le digas a nadie lo que has visto –dijo el prisionero.

El centinela huyó de allí y trató de olvidar. Antes de morir, ya ciego, me contó esta historia.

Esta vez mantuve la mano cerrada.

Arena

Cada grano de arena encierra una historia infinita.

Está escrito

La débil luz de una vela ilumina el interior de la cabaña. La noche está en calma en el bosque, sólo se oye el melancólico canto del búho.

La anciana está sentada ante la mesa. En la mano sostiene una pluma. Se dispone a escribir unas líneas sobre el papel apenas iluminado por la vela.

Lejos del bosque reina el caos. Todo acabará esa noche, como ella ya sabía. Acaba de escribir el principio del nuevo mundo. Se levanta y se dirige al sillón cerca de la chimenea. Suspira. Está cansada.

—Quizá esta vez sí que tenga un final feliz —murmura antes de cerrar los ojos.

Otros seres

Parpuchos en busca de un lugar.

Pongamos

Pongamos que no es lo que parece

y estamos equivocados

que no hay arriba ni abajo

ni más ni menos

que no está todo puesto

que está todo por poner

El gesto amable

Aquel fue un día aciago para los hombres. La batalla de Surán acabó tras mucha sangre y miles de muertos cubriendo el campo de batalla. También fue el día en el que el temible Wanor hizo algo que desconcertó a sus soldados. Tras saquear el Palacio Real y pasar toda la corte a cuchillo, los soldados encontraron una bella esclava escondida en los aposentos reales. La llevaron ante Wanor como solían hacer para que dispusiera de su vida o su cuerpo. Atónitos, sus soldados escucharon estas palabras:

—Dejadla marchar y que nadie le haga daño.

Algunos creyeron ver un gesto de debilidad. Sin embargo, la crueldad habitual no tardó en reaparecer aquel mismo día.

Wanor acabó sus días de destrucción y poder ocho años después de la batalla de Surán. Fue enterrado con un gran tesoro de forma suntuosa. El tesoro fue expoliado poco tiempo después por su cónsul y los siglos casi borraron la memoria de Wanor.

Los primeros arqueólogos que entramos en la tumba, hallamos una enorme sala casi vacía y algunos huesos de lo que pareció ser un hombre corpulento. Entre los harapos, había un cinturón de cuero muy bien conservado. No pertenecía a la cultura de Surán y no supimos darle explicación. Los huesos se deshicieron de forma extraña al sacarlos de la excavación.

Unos años después encontramos dos páginas sueltas de la Crónica de la batalla de Surán. En las páginas, casi ilegibles, se narra la anécdota de la esclava. También que una luna después de la batalla, Wanor recibió de lejanas tierras un humilde cinturón de cuero. De lo que parece una vida llena de odio y violencia, sólo se ha conservado la prueba de un gesto amable.

El mundo conocido

Lo hicieron llamar. Cruzó el ancho imperio en un viaje agotador. Cuando llegó a Palacio le indicaron que fuera inmediatamente a ver al emperador. Se agachó e inclinó su frente hasta casi tocar la frente con el suelo tal y como le habían indicado que hiciera.

—Sire.

—Dicen que eres el hombre más sabio de mi imperio. Te he hecho llamar para que contestes a una sencilla pregunta: ¿Cuál es el imperio más poderoso sobre la faz de la tierra?

—Puede que el suyo, Majestad.

—¿Por qué dices "puede"?

—Sire, hasta lo más sabios se equivocan.

—Retírate.

El emperador se quedó pensativo, sin saber qué hacer con aquel hombre.

Muralla

El mensajero temía por su vida. Y con razón.

– Majestad, la muralla no puede finalizarse.

El emperador miró con desdén al mensajero.

– Explícate mensajero.

– Majestad, no tengo explicación posible. Simplemente desaparecen los hombres y materiales al atravesar cierto punto.

Ante un gesto del emperador su guardia armada se llevó a empujones al mensajero. El Emperador sabía que no mentía.

Rodeado de sus hombres de confianza, él mismo se trasladó a los confines de su imperio. Cabalgó hasta donde la muralla desaparecía. Y no se supo más de él ni su guardia. Dice la leyenda que todos murieron a manos de tres guardianes que esperaban al otro lado. La muralla desapareció también dejando el límite del imperio como una incógnita futura.

En mis viajes he encontrado algunas ruinas que podrían ser piedras de aquella muralla por sus inscripciones. Al acercarme, las piedras desaparecen dejando tras de sí una niebla y un murmullo de palabras que no debo repetir. Si lo hago mis palabras desaparecerán y mi propia existencia — ya sea real o ficticia— acabará antes de lo necesario.

Rufujito

Era yo muy pequeño cuando me lo encontré por primera vez en el desván. Lo vi mientras rebuscaba entre las cajas un juguete. Me miró con algo de miedo y yo lo tranquilicé con dulces palabras. Decidí mantenerlo en secreto.

Cuando subía al desván le llevaba un trozo de pan, algún plátano, unas uvas o un poco de leche. No llegué nunca a tocarlo pero creo que llegamos a entendernos bien. Él aceptaba mi compañía y yo estaba encantado de saber algo que los mayores ni sospechaban. Lo llamaba Rufujito aunque él no respondía a ese nombre ya que aunque dócil, era una criatura independiente.

Con los años fui subiendo con menos frecuencia al desván y ya en mi adolescencia llegué a creer que se había marchado. Su existencia la razoné como fantasías infantiles. Hace unos días lo encontré de nuevo en el ático de mi nueva casa. Había crecido considerablemente y su mirada era distinta.

He de confesar que algo ha cambiado entre nosotros. Ahora me inquieta su presencia.

Por su propio bien

Les explicaré —ya que han mostrado su interés— en qué consiste mi labor.

1. Localización

Se ocultan de mil y una formas. O bien no se ocultan en absoluto porque se creen invencibles. Las más peligrosa son aquellas que cambian de forma continuamente. Para esas, que andan a campo abierto utilizo la técnica de agotamiento, digamos las persigo hasta que caen exhaustas.

Elijo una. Una vez acotado el campo de acción, procedo a un acercamiento gradual, nunca muy violento.

Cuando he conseguido que me ignore, o bien que se haya acostumbrado a mi presencia, procedo.

En un movimiento rápido cubro el su cuerpo con un velo negro. Hay que asegurarse que no quede ninguna parte al descubierto, en especial la vista.

2. Espera

La siguiente fase es la más sencilla: consiste en esperar a que se cansé de intentar liberarse. Esto puede durar segundos, minutos o años. El proceso requiere una ingente cantidad de paciencia.

3. Domesticación

Vencidos los impulsos insensatos que animan a la criatura, el siguiente paso es introducirla —todavía bajo el velo – en una cárcel a medida construida con mis precisas indicaciones.

4. Vigilancia y mantenimiento

Llega un momento muy gratificante: se retira el velo. La fiera en cuestión queda en su jaula, el fruto de un buen trabajo. Cierto es que hemos de realizar constantes trabajos de vigilancia y mantenimiento en las jaulas con periodicidad. Se conocen casos de bestias que escaparon. Algunos de mis compañeros tuvieron el fatal destino de cruzarse con estas criaturas salvajes prófugas de su prisión. Lamento decir que fueron devorados.

Soy domador de sueños. A su servicio. Por su propio bien.

El momento

Abrió con cuidado la cerradura de la celda. Era pasada medianoche y los guardias dormían a pierna suelta. Conocía el castillo como la palma de su mano, incluso en la oscuridad más absoluta encontró el establo. Los caballos no se asustaron, ella los conocía a todos por sus nombres. Desató a Vanna, su yegua preferida, y salieron con sigilo. En la salida más discreta esperaba su fiel servidor Hikaru, quien le abrió la puerta con un inclinación de la cabeza. La sonrisa de ella brilló en la noche.

Cabalgó libre bajo las estrellas. El frío de la noche le azotaba el cuerpo; se sentía viva. Decidió parar y reponer fuerzas bajo un viejo roble que conocía desde niña. Descabalgó y permaneció cerca de Vanna que se mostraba inquieta. Algo se movió en la maleza.

—¿Quién anda? —preguntó con temor.

De las sombras surgió la maltrecha figura de Amber.

—¡Amber! Cuánto tiempo ha pasado. ¿No me reconoces?

Siguió un silencio

—Soy tu reina.

—¡Majestad!

—No es posible, Amber. Todos te daban por muerta.

—Majestad...márchese se lo ruego.

Vanna relinchó. Sin despedirse saltó sobre Vanna y salieron al galope. Cabalgó sin parar esta vez hasta llegar al lago. Suspiró de alivio. Ya amanecía. Se sumergió desnuda en las cálidas aguas. Todo había salido bien. Estaría segura en aquella cabaña. El fuego la reconfortó y aunque se resistió con todas sus fuerzas, se quedó dormida.

Cuando abrió los ojos, vio al guardia de la mazmorra arrojándole un trozo de pan mientras miraba con lujuria su cuerpo semi desnudo. Había llegado el momento de usar el puñal que escondía en sus harapos.

Retorno

Se mantuvo oculto en algún lugar desconocido para nosotros. Cuando volvió temblando, una fría noche de invierno, ya no era el mismo. Nos relató sus vivencias pero apenas le comprendíamos. Él, a su vez, había olvidado nuestros usos y costumbres, como si no hubiera vivido ya entre nosotros.

Era primavera cuando recordó de verdad quién había sido y comprendió por fin quiénes éramos. Volvió a reír con nuestras bromas y, si bien cambiado, a ser de alguna forma quien había sido con nosotros.

Pero todos sabíamos que llegada alguna calurosa noche de verano volvería a marcharse de nuevo sin avisar. Y que lo esperaríamos con la luz encendida en las frías noches de invierno.

Un trabajo bien hecho

La tetería estaba medio vacía. Pedí mi té y miré a mi alrededor. Ningún parroquiano sospechoso. Me tomé el té a pequeños sorbos. Aquel podía ser mi último té así que lo saboreé intensamente. Recordé una lejana tarde con Rebecca en aquella misma tetería. La tarde nos condujo a una cena maravillosa y a una noche aún mejor.

Desperté de mis ensoñaciones cuando me preguntó el camarero si deseaba algo más. En un gesto reflejo me acerqué la mano a la cintura, donde tenía la pistola ceñida. El gesto no pasó desapercibido al dueño de la tetería que a su vez fingió no notarlo. ¿Sabría por qué estaba allí?

—Gracias, un té de canela, por favor — pedí con una sonrisa.

Se oyó algún grito en la calle, y casi todos salieron a la calle a mirar. Cuando hubo pasado el alboroto me trajeron el té. Lo tomé con tranquilidad. Pensé que sería un buen momento para hacer un largo viaje. Pagué y me marché. El dueño me siguió con la mirada.

Pasé entre el gentío de curiosos y dejé atrás el cuerpo inerte de Rebecca Shaw. Mis hombres habían ejecutado perfectamente el trabajo.

Nana del gato cansado

Te contaré un cuento

de una niña

que no quería dormir

porque quería escuchar

el cuento del gato.

Pero el gato del cuento

estaba cansado

y se quedó dormido

y no lo encontramos.

Así que la niña se quedó sin gato

el gato sin niña, y la niña sin cuento.

¿Te quedaste dormida?

Entonces mañana

encontraremos al gato

y nos contará el cuento

de la niña que encontró en su sueño.

Pedacitos

Había una vez una almohada que contenía dentro todos los sueños de los niños. Un mago malvado la robó con oscuras intenciones. Pero el mago era incapaz de soñar, y no pudo descifrar los sueños. Enfadado, la rompió en mil pedazos y la abandonó.

Una hada encontró los pedazos. Como era un hada bondadosa, repartió todos los trozos y dio un pedacito a todas las hadas del mundo. Éstas, a su vez los metieron en todas las almohadas.

Ahora todas las almohadas tienen una pequeña parte de los sueños de los niños. El mago –aún enfadado– sigue buscando la forma de robar todos los sueños.

La noche en el armario

—¿Te acuerdas de la noche que pasamos escondidos dentro del armario?

—Ha pasado mucho tiempo de eso.

—Ya lo sé. Pero, ¿te acuerdas? Fue genial. Te pasaste la noche contándome historias a la luz de la linterna hasta que me quedé dormido.

—Sí...

—¿Qué te pasa?

—Nada.

—Venga, aunque sea tu hermano pequeño, hace tiempo que dejé de ser un niño.

—A veces no lo parece.

—No te pongas así. Dime qué te ocurre. ¿Algo mal en el trabajo?

—Todo bien —suspiró. Supongo que ha llegado el momento de que te lo cuente.

—¿Que me cuentes qué?

—La razón por la cual pasamos aquella noche escondidos

dentro del armario, mi querido hermano.

No vienen

—Mamá, hace tiempo que no vienen a visitarnos.

—No te preocupes, hija, vendrán.

—Pero a veces me aburro.

—Ya lo sé, ven aquí cariño.

El polvoriento espejo del desván no refleja el abrazo.

El esclavo

Heredé un pequeño castillo de un tío lejano sin descendencia. Cuando llegué al castillo me encontré con una sorpresa: un esclavo. Intenté liberarlo en numerosas ocasiones, pero siempre volvía y rogaba servirme. Le daba las ocupaciones más tediosas y duraderas, y evitaba su presencia.

Pasado un tiempo tuvimos que emprender un viaje peligroso. El esclavo se ofreció a acompañarnos. No pude negarme, nos habría seguido de todas formas. Como he dicho, el viaje era peligroso. Él no volvió. Ahora el castillo parece distinto. Como si lo supiera.

Viento

—¿A dónde vas, viento?— dijo la mariposa

—Allí, más lejos.

—Espera, ven aquí, déjame contarte una historia.

—No puedo, tengo que irme —dijo el viento.

—Solo escúchame un momento, luego puedes seguir tu camino.

Resoplando, el viento le dio una oportunidad. El viento fue calmándose cuando la mariposa empezó su historia. Le atrapó su dulce voz y el magnetismo del relato. Quiso saber más sobre la historia. No llegó a saber cómo acababa: cayó dormido dentro de las alas de la mariposa.

Indecisa

Se mueven
lentamente
la nube,
el árbol.

La tarde es
ahora nube
ahora árbol.
Indecisa.

Agradecimientos

A todos mis primeros lectores: hermanos, primos y toda la familia que siempre me animó a seguir escribiendo, vosotros sabéis quiénes sois.

A Alba y Dylan, por ayudarme a ver el mundo de otra forma, ellos inspiraron algunos de estos de cuentos. A Ruth, por darle un hogar a mi alma.

Y también a Borges, Cortázar, García Márquez, Ray Bradbury, Isaac Asimov y muchos otros maestros; a los cuales quizá haya querido parecerme sin lograrlo.

A aquellos cuentos y microrrelatos a los cuales aparté de esta obra. Me miraron con tristeza pero no protestaron (o eso creo yo, quizá estén planeando su venganza)

Y por último a quien lee estas líneas por la paciencia.

Ismael
http://www.parpucho.com

Índice

Printed in Great Britain
by Amazon

33474963R00092